情歌再唱

藍色水銀、金竟仔、君靈鈴　合著

Family Sky　天空數位圖書出版

目録

藍色水銀

目錄

金竟仔

目錄

君靈鈴

情歌再唱

情竇初開

文：藍色水銀

藍色水銀

　　高中開學那天，在校門口，雨潔遇見了她的初戀，男孩是君臨，那也是他的初戀。

　　「請問，你是一年乙班的嗎？」雨潔把君臨攔下來問。

　　「對啊！」君臨說。

　　「因為我剛從美國回來，錯過了新生訓練，所以不知道教室在那裡，可以帶我去嗎？」

　　「一起走吧！」

　　「新生訓練有些什麼？」

　　「不重要，沒來是對的。」君臨有些緊張，沒有再跟她說話，反而加快腳步，君臨的心撲通撲通地跳。

　　教室裡，已經有幾個男生在嬉鬧。

　　「這是妳的位置，就在我的左邊。」

　　「謝謝！」雨潔把書包放下，拿出第一節要上的英文課本。

　　「君臨，她是誰啊？」葉滿樓問。

　　「夏雨潔啊！新生訓練請假那個。」

　　由於新生訓練沒來，雨潔就一直請君臨幫忙，兩人越來越熟，才三天，就已經像是一對小情侶，但互動更像家人，好像早已認識。

　　「星期六中午有空嗎？」雨潔問。

　　「有啊！」

　　「我想請你到我家吃飯，謝謝你這麼照顧我。」

　　「這樣好嗎？」

　　「是我爸希望你到我家的。」

　　「喔！好，地址給我。」

　　「一定要來喔！」君臨沒說，只是點頭並看著雨潔離去的背影。

　　雨潔的家很富裕，車庫有賓士、賓利、勞斯萊斯，四層樓高的房子，每層都有將近百坪大，還有電梯。

　　「妳家好大。」

　　「我也這麼覺得，掃地的阿姨每天掃一層樓，一個星期要來四天。」

　　「妳爸呢？」

　　「他在四樓幫模特兒拍照，我們吃飯吧！」

「不等他？」

「他至少會拍到五點，很忙的。」

「喔！」

兩人邊吃邊聊，這時一個阿姨過來了。

「雨潔，我可以收了嗎？」

「麻煩妳了。君臨，去我的房間吧。」

「剛剛那是妳的媽媽？」十多坪大的房間裡。

「不是，她是煮飯的阿姨，我媽跟別的男人跑了。」

「喔！妳的房間好大。」

「謝謝你一直照顧我。」雨潔兩眼直視君臨，四目相對，而雨潔的右手也搭在君臨的肩膀上，那一瞬間，彷彿有股電流，將兩人的心連在一起。這一刻，兩人的心撲通撲通地跳着，這是他們的初吻，有點生澀，有點味道，牛排的味道，但他們不在乎，因為氣氛對了。

「你喜歡我嗎？」雨潔問，君臨只是點頭。

「你是處男嗎？」君臨還是點頭。

於是雨潔伸手脫去君臨的衣服，讓初吻繼續發展成為愛的初體驗。

　　時間很快就過了三年，最讓人難受的時刻來臨了。

　　「你考上那裡？」雨潔在電話中問。

　　「中興大學機械系，妳呢？」

　　「台大法律系。」

　　「所以，以後只能一週見一次了嗎？」君臨問。

　　「我不知道，再聯絡，掰。」掛斷電話，雨潔再也無法阻擋淚水，任由熱淚盈眶，模糊了視線，而電話那頭，君臨似乎也感覺到了，兩人的緣分要暫停了，能否繼續，他不知道，這三年的感情，一幕幕地出現在腦海裡，讓他徹夜難眠。

情歌再唱

封閉的心

文：藍色水銀

　　考上了台中商專，對他是個災難，對整個家也是災難。那一年他十六歲，在迎新會上認識了學姊，學姊是個大方、活潑、聲音甜美、長相成熟的女孩，情竇初開的他，一眼就喜歡上了學姐，沒有任何交女朋友經驗的他，連開口都不敢，但命運卻捉弄著他，放學後，學姊主動關心他，這個舉動，釀成了他人生中的大禍。

　　「學弟，還習慣嗎？」

　　「嗯！」他的臉都紅了。

　　「我要去社團了，要不要一起去？」

　　「好啊！」於是他也參加了相同的社團：辯論社，為的就是可以常常見到學姊。

　　社團的性質就是練習辯論，因此他有很多機會可以跟學姊面對面，於是就越陷越深。

　　「學弟，你進步很多喔！現在講話都不會打結了。」

　　「都是學姊教得好。」

　　「拍馬屁，有什麼企圖？」

　　「沒有啊！要不要一起喝茶？」

「有什麼事嗎？」

「沒有啊！就聊天。」

「改天吧！」這一改天，就是三個月，因為學姊很忙，三個月都沒去社團，他也不好意思殺到教室找學姊，所以就這樣拖了三個月。

「最近在忙什麼？怎麼都沒來社團？」

「要你管？」

「我只是關心你。」

「謝謝，不過我該走了，掰掰。」

「掰！」他只說了一個字，學姊已經在門口了。

「你想泡她？」辯論社的一個男生問。

「有那麼明顯嗎？」

「非常明顯，從開學那天我就看出來了。」

「有何高見？」

「高見是沒有，但我要勸你早點放棄。」

「什麼意思？」

「你知道她為什麼急著走嗎？」

「你說。」

「她去約會。」

「你怎麼知道的？」

「她是出名的蜘蛛女，現在有三個男朋友，還有四個備胎。」

「你有證據嗎？」

「你可以當面問她啊！她一定不會否認的。」

「好，我一定會問的。」

「祝你好運！」

那是一個星期天下午，他跟哥哥去看電影，電影結束後，他看到了一個熟悉的背影，學姊正在跟一個男生接吻，於是他騙哥哥還有事，自己會回家，接著就跟蹤學姊，然而，這個舉動卻傷透了他的心，學姊跟這男生到附近的賓館。之後，他在放學後又跟了幾次，果然，學姊跟不同的男人牽手，甚至接吻，從此，他自暴自棄不念書。

「你為什麼被退學？」媽媽問。

「連續二分之一不及格。」

「我是問你為什麼？」媽媽非常不高興，他知道紙包不住火了，於是嚎啕大哭，一五一十地說出了事情的經過。

「你要重考？還是先找工作？等當兵。」父親問。

「當兵。」

幾年過去，終於退伍，但也是惡夢的開始，只有國中學歷的他，求職的過程異常辛苦，幾十家公司都不願意聘請他，後來的幾份工作都被雇主刁難，領著最低薪，做得很不開心，好不容易認識一個女孩，結果女孩騙了他上百萬的積蓄，後來媽媽才知道，騙他錢的是學姊，害他退學的也是學姊，原來兩人一直有聯絡，直到東窗事發，而他，從此封閉自己，單身到老。

情歌再唱

寂寞的心

文：藍色水銀

　　「小美，下班後要不要一起吃飯？老闆請客，公司聚餐。」一個女同事問。

　　「我不舒服，不去了，謝謝。」其實小美並沒有不舒服，她只是不想去。之後的每次聚餐都一樣，她也沒有到場，老闆也不勉強她，最後，聚餐就不約小美了。

　　「小美？妳怎麼還沒走？都快開動了。」

　　「家宏，我沒有在參加聚餐的。」小美坐在電腦前繼續打字。

　　「喔！要不要幫妳打包，今天有牛小排跟龍蝦。」

　　「不用你費心了，你快去吃吧！」小美頭也不抬的繼續工作。

　　「那我走嚕！」

　　家宏是公司的菜鳥，雖然什麼都不會，但有一顆真誠的心、和暖暖的人情味，卻仍然無法融化冰山美人。

　　「還沒走啊？要不要一起吃晚飯，吃完再加班。」

　　「謝謝，我不餓。」

於是類似的對白，小美一次又一次的拒絕家宏，直到上天有意撮合他們。

「哇！這麼重，妳怎麼搬得動？我來幫妳。」電梯前。

「是你？你怎麼會在這裡？」小美用質疑的眼神看著家宏。

「我住八樓，妳呢？」

「我也是，我剛搬過來。」

「這麼巧，讓我幫妳吧！」

「麻煩你了。」

但小美沒有卸下心防，除了謝謝！再見！並沒有其他的話跟家宏說，家宏也很識相，能不跟她說話就不說，直到幾個月後的一個深夜，家宏的電鈴聲響了。

「小美？」家宏開門，但小美已經躺在地上。家宏先打電話叫救護車，拿出家中的輪椅，那是他剛去世不久的父親用過的，但已經顧不了那麼多了，先把人推到大門口再說。

當小美醒來的時候，已經躺在病床上，一旁的家宏，已經累得呼呼大睡。

「家宏，我想上廁所。」

「我扶妳進去，好了再叫我。」睡眼惺忪的家宏說。

「是你送我來醫院的？」

「對啊！等等再聊吧！先解決民生問題。」

經過兩天在醫院的細心照料，小美終於卸下心防，娓娓道來。

「想知道我為什麼一直拒絕你嗎？」

「當然想啊！」

「我是個不乾淨的女人。」

「繼續。」

「國中二年級，我爸喝醉了，也把我的童貞奪走了。」

「然後？」

「之後他就常常強姦我，說我長得像我媽，但我從來沒見過媽媽，也不知道我家的親戚還有誰？」說到這裡，小美已經情緒激動，眼淚直流。

「不想說就別說了。」家宏抱著她，她沒有抗拒，她知道家宏對她的愛是出自真心的。

出院以後，這是家宏第一次踏進小美的家。

「妳一個人住？」

「對啊！我爸死於肝癌，房子被法拍了。」

「妳願意的話，可以搬過來，這樣就不用付房租了。」

「那怎麼行？」

「再加上這個呢？」家宏拿出鑽戒，輕輕把小美的手抓著。

「你確定？」

「我無法改變妳的過去，但我希望妳的未來跟我息息相關。」

「你不在意我的過去？」

「小美，敞開妳的心胸，接受我的愛好嗎？」小美沒有回答，只是熱淚盈眶，並緊緊抱住家宏。

情歌再唱

等愛的人

文：藍色水銀

藍色水銀

　　阿芬是個二十出頭的女生，有著壯碩的身形、平凡的五官、自然捲的頭髮、牙齒不太整齊，因為交友圈的關係，會抽菸，也愛喝酒，偶爾會罵兩句髒話，除此之外，她沒有什麼缺點，靦腆的個性讓她說話音量比較小，跟她豪邁的外型完全相反，生活圈很小，除了上班的同事，買飯吃的那幾家店，幾乎沒有別人，她獨自住在一間小套房，一個多月才回家一次探視父母。

　　小明是個帥氣的男生，但是退伍之後就一直找不到工作，直到兩年多後，他才找到人生中的第一份正式工作，從高中時期就很花心的他，認識了許多漂亮的女生，但都沒有結果，出了社會，她開始發現不同了，女生都不喜歡他，原因也不奇怪，他沒錢，騎著破摩托車，穿著破牛仔褲，偶爾還會跟經理借錢，經理為了不想讓他繼續借下去，竟大肆宣傳這件事，搞得全公司上下沒人想跟小明說話，除了阿芬。

　　「以後別再跟經理借錢了，他在背後說你的壞話。」阿芬說。

　　「我知道，可是，我真的沒錢吃飯了。」小明無奈地說。

　　「不是剛領薪水嗎？」

「那點錢根本不夠用。」

「你有困難？」

「我爸的公司被倒了幾千萬。」

「那怎麼辦？」

「妳幫不了我的。」

「不行，你現在的狀況，根本不可能解決問題。」

「我知道，有一個方法，可是我現在不能用。」

「什麼方法？」

「拿一筆錢投資股票，現在是低檔，三年後有機會變成十倍，五年後二十倍，八年後就會變成一百倍，到時就能還清。」

「你確定？」阿芬半信半疑地看著小明。

「非常確定。」

於是阿芬拿出自己的積蓄，又跟父母借了二十萬，湊了五十萬，用阿芬自己的名義開戶，簽了委託書讓小明買賣股票用，時間很快就過了三年，她的戶頭裡已經有八百多萬。

「要不要先拿一些去還債？」阿芬問。

　　「不，再等幾年，情勢有變，這兩年還可以賺幾千萬，到時再看看。」小明非常有自信的眼神，看著遠方，卻沒發現身旁的阿芬，一如往常，含情脈脈地看著他。

　　兩人認識的第五年，阿芬的股票帳戶金額正式突破五千萬，她知道，該是告白的時候了。

　　「你知道我為什麼幫你嗎？」阿芬問。

　　「知道，妳喜歡我。」

　　「你喜歡我嗎？」

　　「除了抽菸、喝酒、罵髒話，其他都不錯。」

　　「如果我把這些壞習慣改了，你願意娶我嗎？」

　　「你明知道我很花心的，又何必呢？」

　　「難道，我幫你這麼大的忙，犧牲得不夠嗎？」

　　「阿芬，我有錢之後，就會喜歡漂亮的女人，到時，妳一定會很傷心的，我不想讓我們之間的友誼變成那樣。」

　　「你又沒試，怎麼會知道？」

　　「妳太不瞭解我了。」

　　「我不管，你不答應娶我，這些錢休想拿到。」

「好，希望妳不會後悔。」

十年後，小明將負債全部清空，阿芬的戶頭有兩億三千萬，兩人的小孩已經三歲，但小明果然因為有錢就變壞了，開始冷落阿芬，追求一位年輕貌美的女孩。

情歌再唱

被愛的人

文：藍色水銀

藍色水銀

　　阿德是個二十出頭的型男，身材壯碩、五官立體、皮膚黝黑，性格豪爽，是女生眼中的天菜，若硬要挑什麼缺點，就是學歷而已，因為父親早逝，迫使他唸完高中就必須去當兵，也因為還沒當兵就出社會，他的性格更顯得成熟穩重，早早就百萬存款，雖然只是一家公司的小職員。

　　菲菲年齡比阿德略長兩歲，成熟豔麗的外表，卻有一顆脆弱的心，幾次戀愛都以分手收場，不論是學生時期的純純戀，還是上一個工作，被老闆的瘋狂追求，或是在這個工作前的空窗期，被一個失意的年輕人愛上，在她心裡，總是在對的時間裡沒遇上對的人。

　　阿德的出現，再度燃起菲菲對愛情的憧憬，他是那麼懂事，那麼溫柔、強壯，簡直是夢中情人，不過此時的阿德已經另有女友，所以菲菲選擇等待，默默地守護著阿德，她的默默付出，看似得到了回報，因為阿德的女友嫌他的收入太少，兩人為了這件事，早已從溝通變成吵架，這一吵，把同居兩年的阿德推向了菲菲身旁。

　　「可以在妳這裡住幾天嗎？」門外的阿德問。

　　「進來再說吧！」

　　「不好意思，沒通知就過來。」

「跟女朋友吵架啦？」菲菲一眼就看出問題。

「嗯！」

「怎麼會想到我？」

「妳何必明知故問。」

「我不懂！」

「妳暗戀我多久了？」

「少臭美了。」

「那我走了。」阿德故意起身。

「我是喜歡你，可是你有女朋友了啊！我還能怎樣？」菲菲急了，終於不再矜持，說出真心話。

「如果我現在單身，妳會怎麼做？」阿德跟她四目相對，兩人此刻的距離只有四十公分，她選擇了閉上眼睛，等待阿德的吻，阿德沒有猶豫，果斷地將菲菲擁入懷中，一夜纏綿之後，阿德決定搬過來跟菲菲同居。

「還有多少東西？」菲菲問。

「剩一些雜物，我很快就回來。」

「好好跟她講，別傷害她。」菲菲這句話，不是為阿德的前女友說的，而是為她自己，她知道，阿德終究會外遇的。

「我會的，晚點見。」

兩年過去，兩人的生活越來越平淡，菲菲為了增加收入，選擇了跳槽，本來這沒什麼，如果兩人的感情夠穩固的話，但是阿德只是把菲菲當成避風港，兩人對愛的付出，一個是用盡全力，願意犧牲一切，一個只是用了三分力氣在維持，一旦出現第三者，阿德就會毫不考慮地離開。

「我們分手吧！」阿德說。

「你愛上別人了？」

「妳知道了？」

「你以前每天都準時回來的，自從我去了新公司，你每天都晚了三小時回來，而且存款不再增加，而是下降。」

「既然知道，為什麼不拆穿我？」

「我只是希望你會回心轉意，兩個人在一起不容易。」

「如果今晚我就離開呢？」

「請便，因為你從未珍惜我的愛，不是嗎？！」

「為什麼要委屈自己？」

「不是委屈，而是因為我愛你，但你只是一個被我愛的人，你卻從未真心付出，不是嗎？」

阿德啞口無言，默默收拾行李，投向另一個女人的懷抱。

情歌再唱

互相傷害

文：藍色水銀

藍色水銀

　　阿貴跟家好本來是一對情侶，在一起三個月後，兩人漸漸露出本性，阿貴的大男人心態開始作祟，可家好也不是吃素的，於是，吵架變成了家常便飯。

　　「去那裡了？」家好問剛剛進門的阿貴。

　　「要妳管！」阿貴頭也不回，直接走進浴室。

　　「是不是外面有別的女人了？」家好跟在後面大聲說。

　　「關你屁事！」阿貴也大聲回話。

　　「不說就是默認了。」果然阿貴沒有回話。

　　「你果然劈腿了，既然如此，就分手吧！」

　　「分手就分手，妳已經講好幾次了，趕快搬走吧！」

　　家好一把鼻涕一把眼淚，開始收拾衣物，床上堆滿了衣服跟雜物，但阿貴似乎想早點把她趕走。

　　「拿去沙發上整理好嗎？我要睡了。」

　　「你說什麼？」家好狠狠地瞪著阿貴。

　　「瞪什麼瞪？捨不得我嗎？」阿貴冷嘲熱諷，卻徹底激怒了家好。

　　「好，我拿去沙發上整理。」家好忍住衝動。

「這才像我認識的家好嘛！」

一個多小時後，家好終於整理好衣物，簡單的兩個行李箱，回頭看著躺在床上呼呼大睡的阿貴，她悵悵然地離開這個曾經歡笑、甜蜜的地方。

不過家好並不打算放過阿貴，她找了黑社會的小混混，刺破了阿貴的車子四個輪胎，還在前擋風玻璃噴上《劈腿渣男》四個大字，接著，阿貴跟新女友正要出門，看到這一幕的阿貴，簡直氣炸了，但新女友卻火上加油。

「你不是告訴我，已經跟前女友分手很久了？」

「好，我承認劈腿，但她已經不住這裡了啊！」

「你為什麼要騙我？」

阿貴想要解釋，不過新女友不聽，直接回到同居處打包，準備分手。

「怎麼會這樣？」她打開門後，發現牆上噴了《劈腿渣男蔡新貴》，而且鏡子、櫥櫃、電視都被敲壞了，彈簧床也被割了一個大洞，阿貴跟在後面，看到自己的家變成這樣，氣得大叫：「陳家好，我要殺了妳。」

「你要殺對人啊！不要殺我。」新女友冷冷地說。

「連妳也要走？」

「你反正都要變殺人犯了，我還留在這幹嘛？」

「好，走，統統都走。」

正在上班的家好，一臉的得意，她看著小混混傳過來的影片，正是阿貴的車子跟房子被破壞的樣子，不過，她卻不知道自己已經大難臨頭。下班了，家好走到騎樓，準備離開，阿貴突然出現，拿著一根鋁棒，朝著家好一陣暴打，家好不支倒地，此時家好的同事正好撞見，阿貴逃之夭夭。

「這是那裡？」家好醒了。

「這裡是醫院。」男同事說

「我為什麼在這裡？」

「妳被一個男人打傷了，難道妳忘了？」

「是蔡新貴那個負心漢。」

「要報警嗎？」

「麻煩你了。」

於是，家好被判了毀損罪，必須賠償阿貴的損失，不過可以緩刑，不用關，但阿貴被判了傷害罪，刑期三年半，除了醫藥費，還要賠償家好的精神損失，兩個人互相傷害了對方，還差點鬧出人命。

互相取暖

文：藍色水銀

　　大雄是個公司的小主管，小喬是他的下屬，大雄喜歡上公司新來的純芳，純芳卻只想要找個有錢男人，自然看不上大雄，很快就跟公司董事長一起，當了小三，這事傳到大雄耳中，非常刺耳，但他早就看出來純芳不想理他，面無表情地轉頭離開，下班後，小喬主動約了大雄吃飯，兩人的感情迅速升溫，幾周後，兩人便找了間房子同居。

　　「還在想純芳？」小喬故意問正在沉思的大雄。

　　「沒有。」

　　「那你在想什麼？」

　　「沒事，我們去買點菜，我燒幾道菜。」

　　「沒想到你會做菜？」

　　「我會的很多，只是無處發揮而已。」

　　吃完飯，大雄也把廚房整理乾淨，並滷了一鍋滷味，當成第二天的菜，大雄坐到小喬身旁。

　　「像你這樣的男人，怎麼會沒人要呢？」小喬又在探底。

　　「年輕時太花心，見一個愛一個。」

　　「現在還花心嗎？」

「有心無錢。」

「你的意思事等你有錢，還是會花心？」

「可能吧！」

「那我怎麼放心跟你在一起？」

「妳要很愛我啊！如果妳不愛我，就是把我推向別的女人，不是嗎？」這話好像有點道理，但小喬沒聽進去。

那是三年後的事了，小喬忘了大雄曾經說的，妳要很愛我啊！如果妳不愛我，就是把我推向別的女人，此時的她，雖然嘴裡愛大雄，但洗衣、掃地、做飯、賺錢全丟給大雄，自己成天向外跑，不是跟閨蜜聊天，就是跟別的男人聊，雖然不算外遇，但大雄被冷落是事實。

這天，大雄自己逛百貨公司，想給自己添購幾件稱頭的衣物，卻在專櫃遇上純芳，兩人聊了一會，也互相交換電話。

「明天我休假，一起吃個飯吧！」純芳說。

「好啊！」

於是，大雄對純芳的戀情死灰復燃，或許不完美，但也是因為純芳的際遇，才讓他有機會再度接近純芳。

「最近在忙什麼？」純芳問。

「開了一家皮包店，兼賣一點便宜的飾品。」

「哇！沒想到你現在是老闆耶！」

「小生意，餬口罷了。」

「這麼謙虛？」

「我只是實話實說。」

「你以前不是這樣的。」

「人都會變的，不是嗎？妳有心事，要藏在心裡？還是告訴我？」

「你看得出來？」

「妳我雖然只有同事半年，但當時我對妳可是認真的。」

「都過去好幾年了，還提。」

「說吧！我洗耳恭聽。」

原來，純芳當小三的事，傳到董事長夫人那邊，結果當然是鬧上法院，雖然不會有什麼大礙，但還是失去工作，也失去經濟來源，只好再度回到百貨公司。

「原來是這樣，有什麼打算？」

「走一步，算一步了，還能怎樣？」

「不考慮我？」

「我不想傷害你，我有很多不勘回首的過去。」

「每個人都有過去的。」

「我不會愛你的，除非……」純芳欲言又止。

「除非我變得很有錢，對嗎？」

「沒想到你這麼懂我。」

「好吧！既然如此，我們就當好朋友吧！」純芳沒有回答，但點了頭，從此，兩人偶爾見面，但大雄已對純芳死心。

互相競爭

文：藍色水銀

　　小東跟小高是同學兼死黨，兩人的感情從國小、國中、高中都很好，連大學都考上同一所，雖不同科系，但也因為租同一棟套房而天天見面，但上天似乎有意挑撥他們的友誼，因為他們同時喜歡上了秋雲，她跟小東同班，兩人之間也存在著微妙的關係，看似朋友，卻像情侶般互動，小高的出現，似乎打破了這個關係，從此三人的世界變得混亂，而真相恐怕更讓兩個死黨膽顫心驚。

　　「跟你說話的女生叫什麼名字？」小高問。

　　「你想泡她？」小東問。

　　「你說呢？」

　　「看樣子，我們要從死黨的關係，轉為情敵了。」

　　「你也在追她？」

　　「算吧！」

　　「好吧！那我就先觀望吧！」小高看似退出，卻開始耍陰招，跟蹤秋雲，並製造不期而遇。

　　「妳好，妳是不是小東的同班同學？」學校餐廳裡。

　　「你是？」

「我們見過幾次啊！我去找小東的時候，在教室遇見的。」

「啊！我想起來了。」

「我叫高永福，妳呢？怎麼稱呼？」

「李秋雲。」

於是兩人就在餐廳裡聊了許久，小高從這天開始，就常常跟秋雲不期而遇，但其實只是跟蹤她才會這樣。

「這麼巧？」市區的一家咖啡廳，小高又出現了。

「小高？怎麼走到哪裡都會遇見你？」秋雲驚訝地問。

「妳相信緣分嗎？」

「不信！只是巧合罷了。」

「可以一起坐嗎？」

「今天不行。」

「那我坐隔壁桌總可以吧？」

「不方便，我要談點事情，不想被熟人知道。」

「好吧！那我在對面。」

「不好意思。」

「秋雲，妳有朋友在啊？」一個中年男子突然出現。

「同學而已，小高，麻煩你去那邊坐了。」

「好，等會見。」

「妳找保鑣來，怕我殺了妳啊？」中年男子來者不善。

「只是剛好遇到，不是你想的那樣。」

「包養的事，考慮得怎樣了？」

「不能等我畢業再開始還嗎？」

「妳知道妳爸欠我多少錢嗎？」

「一百萬。」

「錯了，一百萬只是本金，已經違約，而且有十三期沒繳利息，如果照行規的話，恐怕已經上千萬了，不過，因為妳是我喜歡的女孩，我可以破例，妳陪我一年，利息可以全免，陪我兩年，一毛都不用還。」

「說穿了，你就是要我而已。」

「別說得那麼難聽，沒有那一百萬，妳爸的公司早就垮了，妳也別想念大學，不是嗎？」

「再給我一天的時間考慮。」

「好，不然我只好逼妳爸把公司讓渡給我。」

「知道了。」

從那天起，秋雲的行蹤就很少被掌握，她為了父親的債務，選擇了委屈，而小東跟小高則被蒙在鼓裡，繼續追求她，甚至在教室外大打出手。

「住手！」秋雲大喊，兩人才停手。

「我不值得你們為我付出，我已經是別人的女人了。」

「是咖啡廳裡那個老男人嗎？」小高問。

「對，就是他，那天我已經暗示你離開，但你卻不聽。」

「為什麼是他？」小高又問。

「他愛我，還幫我付了學費、房租、生活費，你們呢？什麼都沒有，懂了嗎？」秋雲哭著離開，留下錯愕的兩人。

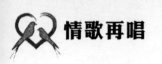情歌再唱

互相幫忙

文：藍色水銀

　　小美跟小江是同班同學，小玉跟阿正是同班同學，四個人念隔壁班，同班同學太過熟悉，早已沒了感覺，但對隔壁班的同學，卻深感興趣，小江喜歡小玉，阿正喜歡小美，而兩個女生都已經名花有主，各自有護花使者，想要得到芳心，並不容易，於是小江跟阿正交換情報，想要扭轉情勢，但真的有那麼容易嗎？

　　「我要告訴你一件讓你心碎的事。」小江說。

　　「我也是。」

　　「小美有男朋友了。」

　　「小玉有男朋友了。」兩人幾乎同時開口。

　　「什麼？」

　　「什麼？」兩人還是幾乎同時開口。

　　「你先說。」

　　「你先說。」小江不說了，雙手一攤，比著阿正。

　　「小玉的男朋友是學長，很帥，也很有錢。」

　　「小美的男朋友也是學長，非常帥，超有錢。」

　　「我們說的是同一人嗎？」

　　「我們說的是同一人嗎？」兩人又幾乎同時開口。

「不是。」

「不是。」這次換阿正不說了，示意小江先說。

「小美的男朋友，爸爸是企業家，每天派司機接他們。」

「小玉的男朋友，爸爸是組頭，每天開賓利接他們。」

「組頭？」

「對，一個月可以賺一兩千萬。」

「那要怎麼跟人家比啊！」

「最糟的是學長很帥。」

「小美的男朋友也是非常帥，他家有幾百億。」

「完了。」

「完了。」兩人表情凝重，隨即陷入沉思。

學長畢業了，也沒有車子來接小美跟小玉了，兩人還對他們的女神有感覺嗎？

「告訴你一個好消息。」小江說。

「什麼事？」阿正問。

「小美跟學長分手了。」

「沒興趣，但我要告訴你一件壞消息。」

「說吧！」

「小玉懷孕六個月了，準備要辦婚禮，你要去嗎？。」

「不去，我怕我會哭。」

「為什麼？為什麼她們都喜歡有錢人？」

「去問你媽吧！說不定有答案。」

「你怎麼不問你媽？有毛病。」

「現在怎麼辦？」

「天涯何處無芳草啊！你們兩個真的都有毛病。」忽然間，小江的同班女同學開口了。

「我們是用情專一啊。」阿正說。

「難道一輩子只能喜歡上一個人？你們真的是病得不輕。」女同學說完就離開了，留下兩人，他們似乎真的懂了。

「小蝶說的有道理，我們不能這麼執著，不然就會一輩子單身了。」小江說。

「有什麼打算？」

「轉移目標啊！」

「我覺得，我們應該認真念書，等以後成功了，還怕沒有女朋友嗎！」

「話是沒錯，可是我不想這樣就錯過喜歡的女生。」

「感情是要看緣分的，你們兩個蠢蛋。」小蝶不知道何時又出現了，嚇了兩人一跳。

「妳別再說了，我快崩潰了。」阿正說。

「這樣就崩潰？那你還是單身算了，兩個人在一起，不是一加一等於二，會有小孩，會有父母跟岳父岳母，還會有遠親近鄰、兩人的朋友，還有天天都會遇到的柴米油鹽，你們兩個都不曉得嗎？」小蝶說完，兩個男生傻了，他們只想到約會、牽手、親吻，其他的都還沒想到。

情歌再唱

回到原點

文：藍色水銀

　　小魚跟小萱是

　　「妳怎麼在這裡？」小魚在教室遇到小萱。

　　「我考上經濟系啊！」

　　「我也是。」

　　「那我們又要當同學嘍！」

　　「是啊！好像只有我們兩個念這裡，其他的同學都在別的學校。」

　　「應該是。」

　　吃飯的時候，二人坐在一起，熟悉又陌生的感覺。

　　「你變壯了。」

　　「妳變漂亮了。」

　　「我本來就很漂亮啊！」

　　「然後呢？」

　　「難道你不覺得我漂亮？」

　　「妳還是跟以前一樣，聽話不聽重點。」

　　「什麼意思？」

　　「我剛剛是說妳變漂亮了，意思就是比以前漂亮。」

「所以我以前不漂亮嗎？」

「算了，再講下去沒完沒了。」於是二人埋頭直接把飯吃完，不再有對話，再接下來的日子也是。

「你還在生我的氣？」直到期中考前，小萱問。

「沒有啊！」

「那為什麼不跟我講話？」

「妳又不肯用心聽別人講話，老是誤解別人的意思，那我何必浪費唇舌。」

「那麼小氣幹嘛？」

「我是為妳好，妳不覺得沒人想追妳，但妳又自己覺得是絕世大美女。」

「那又怎樣？」

「大學生不像高中生那麼幼稚，不會只看女生的外表，氣質、內涵也是在考量範圍之內的。」

「所以你現在是說我沒氣質沒內涵就對了。」小萱怒視著小魚，像是要把他生吞活剝一般。

「這是妳自己講的，不是我講的。」

「不講了，氣死人。」

「用心聽別人講話有那麼難嗎？」

「不想聽。」小萱歇斯底里般地大叫著。

這一叫，兩人又是幾個月沒說話，而乏人問津的小萱真的慌了，她的脾氣火爆，早已傳遍整個經濟系，就算有別系的男生跟她搭訕，通常也只是一次就沒下文。

「幹嘛又幾個月不理我？」小萱問。

「妳上次火山爆發，噴發的岩漿燒毀了我的心。」

「對不起啦！我以後會改的。」

「其實我只是覺得妳要自覺，別老是以為自己多美，這一屆的美女很多，妳連前十名都排不進去。」

「那麼糟嗎？」

「妳看看自己的腰，都有肥油了。」

「最近吃太多薯條了。」

「還有青春痘，唉！敗筆啊！」

「我真的錯了，我們能像高中時那樣，無話不談嗎？」

「可以啊！」

「我覺得你變成熟了，可是我跟不上。」

「又沒差，妳只是在等一個可以容忍妳暴躁脾氣的男生，妳又沒錯。」

「愛我就要接受我的一切啊！」

「妳愛他的話，就該改掉壞脾氣，總有一天，妳的壞脾氣會成為分手或離婚的藉口。」

「我還是那個原來的我，可是你已經不是原來的你。」

「人是會變的，妳願意改變，我們就可以回到原點。」

「不可以食言喔！」

情歌再唱

兩紅相遇

文：金竟仔

　　他不是這城市的人，因為公司的業務關係，出差派遣到這城市，而目的地當然是在這裡的工廠。因為工作繁忙，他經常一週要來兩三次，來的次數多了，除了辦公室的人員外，也認識了工廠的部份員工。

　　漸漸地，他跟工廠辦公室的一位女業務小夢日久生情，開始了一段異地戀情，每次出差到當地，他倆除了工作上碰面，下班還會約會相聚，浪漫一下。

　　後來小夢因某種原因離職，對於他來說，無疑是更方便約會，畢竟在同一家公司有這些曖昧行為，總是不太好，也會怕被同事撞破。

　　不過，意外的事總是無法避免，因為他在小夢離職後，又認識了另一位工廠的女員工小青，工作時需要經常相遇，也因此漸生情愫，他無法控制自己的感情，自此一腳踏兩船。

　　往後出差的日子，他先到公司與小青一起午飯，黃昏時與對方散散步，但工廠都要趕工，小青晚上仍要忙著加班。當小青回到工廠，他正好把握機會，晚上與小夢約會，忙得不亦樂乎。

　　就這樣，他與兩位異地女朋友交往了一段日子，而小夢亦找到新的工作。他是時間管理達人，每次約

會，都可以安排得妥妥當當，絲毫沒有差錯，一腳踏兩船看似幸福，卻產生了不少煩惱。

那一天，他如常出差到這座城市，住一個晚上，白天在工作之餘，又與工廠的小青暗渡陳倉；夜晚下班，他在小青的宿舍聚一聚，溫馨一下，便要離開工廠趕到下榻的飯店與小夢玉帛相見。

當時剛好安排了明天離開，他第二天早上到工廠，與小青吃早餐，惟小青仍要上班，別過她後，處理一下事務，然後離開工廠到車站，準備回家。

那天剛好小夢為了送車請了假，差不多中午時份，他到達車站，小夢剛好也到了，二人便在車站的餐廳吃一頓，渡過最後的午餐時段。

當列車開的時間到了，二人離開餐廳步往候車室時，小青突然出現在眼前，原來小青為了給他一個驚喜，特別請假來送他的車，結果……

幸好，當他看到小青時，小夢剛好在洗手間，這是「不幸中的大幸」？不過，他表現出很驚訝的神情，接著又勉強擠出笑容，又稱快要登車，連忙將小青送離車站，目送她登上計程車。

　　別過小青後，他回到車站，與小夢緊緊相擁，然後步入月台，離開了。當他以為這次「兩紅相遇」，一切運籌帷幄，心忖得到幸運女神眷顧時，就在車上分別收到小青及小夢的簡訊。二人同樣寫道：「原來你還有她，看來她應該比較適合你！」

　　那一刻，他無言以對，實在找不到任何措詞解釋，還以為兩個女生沒有看到對方，原來二人在車站時已知道真相！最後，他的兩位女朋友都沒有再回他的訊息，一次車站的接送，白白斷送了齊人之夢了！

時間不能停止

文：金竟仔

旅程終於結束了，是的，在韓國的自遊行要結束了，同時，即將要翻過的一段異鄉邂逅的愛情故事。

她，漢字名是銀貞；

她，在途中認識；

她，是韓國少女；

她，不懂中文，只略懂英文；

沒錯，我們就這樣便一起在首爾遊玩了很多天。

雖然我們語言不通，但靠著翻譯機，你一言、我一語，好像並沒有甚麼隔閡，才十九歲的我，認識了十七歲的她。她帶著我在首爾遊山玩水，我也不用到處找方位、問路或看地圖尋路，一切就依靠她做我的盲手杖。

最特別是，她可以帶我到很多小店用餐，完全不怕不會點菜。她很善解人意，點的都是我愛吃的東西，跟她一起時，完全可以吃道地的韓國菜。意想不到的是，我還參觀過她的住所，見過她的父母，甚至在她家吃過一頓韓國的家常飯，感覺甚溫馨。

一男一女年少氣盛，幾天相處下來，彷彿融入一體，在遊歷各處名勝時，不期然手牽著手。哪怕我們

說的話不多，大部份時間是你看著我，我看著你，真是無聲勝有聲。

　　旅程總會有結束的一天，那天終於要來臨，我提著行李，與她一起步往客運站，等待前往機場的客運。這時候知道時間一分一秒地過去，可恨的客運進站了。

　　我們一起登上客運，車程約一小時，在車內我們把握著餘下的美好時光，言語不多，但只是不斷地你看著我笑一笑，我看著你笑一笑，窩心暖意湧上心頭。

　　車子終於抵達了位於仁川的國際機場，下車後，我步入登機大堂辦理登機手續。之後，便是漫長而無奈的等待。

　　我們在機場的一家餐廳坐下，互相對望，吃點東西，時間一分一秒過去。平常上課時，總覺得下課的時間很長很長，時間過得非常慢，怎麼現在的時間過得那麼快？明明提早一個多小時到機場，怎麼這一個多小時溜走得那麼快？

　　最後，登機時間終於來臨，我離開餐廳步行到出境閘口，還有一小段路，時間卻像閃電一樣，飛快過去，不知道這段路是如何走過來，總之已經站在閘口了。

　　與她相處這幾天，簡單韓語已會說，喜歡你、再見等句子都沒有問題，說完後，緊緊抱著她，輕輕親一口，便轉身離開。步入閘口前，我捨不得再看她一眼，她再次吐了一個英文字：Line，是的，之後只能用 Line 聯絡，但這樣的異鄉邂逅能夠維繫多久？這真的不知道，至少那一刻是無法預知。

　　到現在，我真的沒能忘記她。

你在何方

文：金竟仔

　　在一次偶然的機會下，他認識了她們——小玲與小翠，她們二人都是大學生，而他已在社會工作幾年。三人都談得投契，經過一段時間後，小玲漸漸對他產生愛意，而他，卻開始鍾情小翠。

　　兩女一男的組合經常一起約會，一起看電影、一起吃飯、一起郊遊，話題天南地北，暢談甚歡。

　　男人已經感覺到小玲對他有意思，於是選擇迴避再迴避，同時默默地注意著小翠的一舉一動。「三人行」關係維持了一段時間，時光過得很快，也很快樂，遇到一些節日時，他還是會送給她們禮物，但為免尷尬，所送的禮物都是一模一樣，一視同仁。

　　直到有一天，他鼓起勇氣，嘗試只跟小翠約會，而小翠也欣然答應，畢竟小翠對他同樣都有好感。經過那次約會之後，兩個人的感情快速發展，終於有一次逛街時，他嘗試開口問：「我可以牽你的手嗎？」

　　她爽地地點頭：「可以呀！」

　　那時候，天氣剛好進入寒冬，氣溫都快在攝氏零度上下，哪怕手牽手，開開心心地在散步，但二人的雙手都快凍僵了！後來，小翠提議不如戴上手套，就這樣，兩個人開始共用一隻手套。

　　北風凜冽，這對戀人溫馨地漫步，感情更加增進一步。有一次，當他打算送小翠回家時，途中卻剛好碰到小玲。三個人雖然算不上是鄰居，但都住在附近，路上偶遇著實並不意外。

　　此情此景，小玲臉上的表情已說明了一切，這時候內心充滿悲傷，同時帶點憤怒。這一夜，男人沒有上小翠的寓所，三個人默默離開，各自歸家。

　　或許是性格上小玲是比較具佔有慾，當晚就給小翠的壓力，讓她害怕了！

　　第二天早上，他在她們所讀的大學正門等待小翠上學，可是一直都見不到她的身影，幾乎等到中午才離去，之後跟他傳任何訊息都收到回音，甚至乎是已讀不回。

　　小玲趁機跟男人說：「你不要再找小翠，小翠不會再跟你見面，而我也跟你斷絕來往！」

　　這時的他仍然蒙在鼓裡，完全不清楚發生了甚麼事，可所有訊息都像被封鎖一樣，他根本找不到小翠。驀然回首，兩個人的戀情剛開始，就此結束，嚴格而言可能仍未正式開始，已經落幕了。

　　回憶這場無疾而終的戀情，男人感到萬分無奈，內心像被千支針刺著，但也要痛苦地告訴自己，最終還是要接受現實。自此之後，他已沒有再見到小翠了！

　　半年後，男人從大學聽到謠言說，小翠曾經遭人恐嚇，生怕被嚴厲的父親當成小三，只能主動退出。然而，當兩個人一併消失，謠言也得不到證實，只有幽暗的晚空，記得他們的事了。

風雪下的等待

文：金竟仔

　　這是個在高緯度的城市，四季分明，景色怡人。他因為工作需要，經常出差到這裡，而且有時候還會停留兩三週。

　　有一天下班後，他與工作夥伴們來到這家餐廳，本沒有特別的事情，但突然出現了一位美艷動人的女服務生。他驚鴻一瞥，繼而目瞪口呆，目睹她那沉魚落雁的美顏，實在久久難以忘懷。

　　自此之後，他幾乎每天晚餐都會到同一家餐廳，為的就是要見她一面，希望約會心目中的女神。事情不是想像中順利，除了她休假之外，因為餐廳有兩層，如果用餐被安排在一樓，而「女神」在二樓服務其他食客的話，同樣沒能碰面。

　　有趣的是，這家餐廳的二樓設有書店，有時在一樓真的碰不到她，他就會到二樓碰碰運氣，就像文青看書，順便尋找她的芳蹤。

　　如此這般，數月眨眼過去，他仍不敢開口攀談，兩個人算不上真正認識。所幸的是，她對他開始有點模糊的印象。於是他用最古老的把妹法寶──傳紙條，冀找機會把紙條給她，相約晚上見面，並在餐廳的路口等她。

　　這時候季節變了，秋意濃濃，人人都由短袖改穿長袖衣服，還好仍未算是最冷的日子。大概等了一個

多小時，他終於見到女神下班出來了，她吐了一口白氣，由遠處走過來。

兩個人簡簡單單地寒暄幾句，交換了聯絡方式，她一直面帶微笑。還好，沒有白費了這幾個月以來的心思。

接連下來的幾天，每當二個人在餐廳碰面，都會默默地點點頭，惟礙於工作關係，她不能表現得太過熱情。終於，他約到女神出來吃個早餐，關係漸漸拉近，奈何往後見面的時間著實不多。

首先，他是出差到這個城市，而她又是服務生，工時長，所以為了多見她一面，只要他在這城市出現，都會等她下班。弊在餐廳每天都營業到晚上九點半，又要打掃整理，她一般最快都要在十點半才能下班，一旦遇到客人晚離開時，有時更要到十二點才下班。

因此，他會在十點左右開始等她下班，動輒等一兩句小時，到了十二月和一月，寒風刺骨，在戶外的風雪下站著特別煎熬，每一秒如同一分鐘般漫長。除了考驗禦寒能力，耐心是不可或缺的，腳下像冰一樣的地板，難受極了，但求抱得美人歸，他都咬著牙忍受過去。

經過兩三個月的考驗，總算感動了她，他突破了曖昧界線，與她第一次正式約會，總算是一個好開始。

只是替補

文：金竟仔

　　這天下班，他與好友三人行到夜店玩樂，夜店除了音樂聲巨大外，燈光昏暗，更重要是對男生來說，不少美女都會在這裡消遣。

　　世事有時很巧合，三位男生遇著三位女生，一個斯文大方，一個身材惹火，一個野性難馴。在舞池中央，他們與她們眉來眼去，玩得相當投入。

　　三男三女離開舞池後，依然暢談甚歡，你一杯、我一杯，整晚都聚在一起，像是老朋友重聚一樣，結束後更到附近的小店吃點東西，三位男生分別送三位女生回家。

　　這個晚上，他喜歡了斯文大方的她——小如，認識後便開始聯絡，很快就單獨約會。他與小如剛開始一起看電影、吃個飯，也相約到郊外欣賞美景，相處時總有說不完的話題。

　　經過一段時間了解後，少男少女互生情愫，正式開始交往，加上情投意合，二人更一起租住套房，關係更進一步。

　　然而，蜜月期轉眼過去，他偶然發現小如跟別的男生互傳親密訊息，幾經追問之下，她坦白承認原來早就有男朋友，而且已交往一年多。換句話說，小如

與他同居前，就已經有男朋友，簡直晴天霹靂。他想過一走了之，但還是想聽聽小如的解釋。

「他對我後期並不好，我也提出過分手，只是他一直不放手，而且你的確對我很好，我真的被你的真誠感動，放心吧！我會慢慢疏遠他，給我一點時間。」他被小如說服了，放棄了分手的念頭。原來當他們在夜店偶遇時，小如的男朋友家明正在當兵，這段緣分由此而起。

那次之後，兩個人都沒有再提起「家明」這個名字，像若無其事一樣相處，甚至比過去更加甜蜜，有時更會在床上嘗試性玩具。他每到假日便會接送小如上下班，二人騎著機車，在街道上馳騁，溫馨到不得了，吃東西的口味也很相似。

過了一段時間後，又是偶然的情況下，他發現了小如偷偷地跟家明見面。那是軍人假期，他從訊息得悉他們兩個人可能到過汽車旅館，而且退伍的日子就快到了。看來，小如無法忘記她的過去，他與小如的關係快將落幕。

黃葉從樹上飄落，快樂的時光開始最後倒數，家明即將回來，她向他道出了心聲，承認忘不了他對她的好，但也離不開另一個他。家明退伍前數天，她深

情地告訴他：「在這世界裡，沒有人比你對我好，所以……我愛你，但是我更愛他！」

　　原來，過去一年多他只是一個工具人，小如愛情路上的愛情備胎。

你真的能接受野蠻女友嗎？

文：金竟仔

金竟仔

　　緣來是你？韓國電影開始在亞洲掀起熱潮，其中一部先軀神作必定是《我的野蠻女友》，適逢今年是 20 週年紀念。遙想當年，這部電影能夠在台灣、香港等地創下韓片票房紀錄、吸引粉絲追星、主題曲被多國歌手翻唱，連同男女主角車太鉉及全智賢的風頭也一時無兩。印象最深刻的一句對白是：「如果是命中註定的話，一定會在某個地方相見的。」

　　劇本是小說改編而成，講述男主角牽牛，在一次偶然的情況下遇見了喝得爛醉如泥的女主角（片中由始至終沒出現女主角名字，為結局埋下伏筆），無奈只得帶她到汽車旅館，從而展開一段令人意想不到的愛情。因為女主角的野蠻而帶點「粗暴」的行徑，令牽牛又愛又怕、又怕又愛，種種巧合交織一起，二人最後終成眷屬。

　　故事主要談及緣分的奇妙，除了地鐵巧遇，之後三天就住了兩次汽車旅館，連在小店吃東西也會偶遇，展現緣分要來的時候，如何躲也躲不過。假設他們從來沒有在任何地方相遇，只要牽牛忽然興之所至，願意到他的姑媽家探望一下，便會認識得到女主角，當然故事也沒能說下去。相反，這樣的話，二個人的姻緣也許就沒能開始了，神不神奇？

　　由誤會、認識到相愛，電影把過程拍成很浪漫，教每位男觀眾對牽牛羨慕不已，甚至幻想身邊有這樣的「野蠻女」就美好到極。不過，這其實證明了男人是視覺動物，用眼睛愛人，當看到樣貌與身材都是女神級別的話，自然她對你做甚麼都當作若無其事，缺點也可以視而不見。而且，就連牽牛的同學們都對女主角讚不絕口，這說明未夠 20 歲的全智賢果然是很多心目中的女神。

　　當然，全智賢今日依然是女神，記得在《我的野蠻女友》之前，看了《觸不到的戀人》，她已經非常吸引，豈料能在兩部電影演出反差極大的角色，難怪當年已獲得韓國大鐘獎的最佳女主角。韓國是男權主導的社會，牽牛經常在公開場面被破口大罵、拳打腳踢，女主角完全不是小鳥依人，觀眾反覺得她率性可愛，集笑與淚，浪漫與動人，受歡迎是合情合理。

　　然而在影片中，女主角對牽牛的種種野蠻行為，如果換成你是男主角，又能夠忍受得了嗎？能忍受多久呢？兩個人熱戀時，新鮮感滿滿，一切尚可忍耐，但時間長了，心底那句就變成「是可忍，孰不可忍」。除非你是被虐待狂，否則能夠與這種野蠻女友長相廝守，一切似乎都不太現實。

情歌再唱

　　或許，男人愛的是全智賢的長相和身材，一旦女主角換上醜八怪，你的忍耐力還剩多少？如果你真正能夠接受女朋友種種蠻不講理的行為，那可以說得上這就是真愛，真愛就要有犧牲精神，問題是你確定找到的就是「真愛」嗎？

日久生情

文：金竟仔

　　很多人不相信日久生情。男生是不懂說笑的書呆子，女生是性格開朗的乖乖女，他們是朝九晚六的同事，在辦公室每天都會見面。可能大家年齡相近，喜歡的東西也很接近，相識半年就非常投契。

　　二個人雖然偶然會相約逛街，但始終保持純友誼關係，沒有再進一步的想法。在風和日麗的假日，像平常一樣四處街，突然他覺得既然都那麼熟悉，不如像閨蜜般手牽手。他牽住了，她沒拒絕，就當是答應了，此後兩人每次見面都會牽著手。

　　本來都沒有太大問題，一男一女的好朋友，只要雙方都接受，牽手並無不可。直到有個下雨天，她看著街上很多戀人的背影，忽然有點不自在，就不吐不快地說：「我們每次逛街都這樣牽著，但我們又不是情侶，好像有點怪怪的！」

　　他心想，真的有問題嗎？既然大家都是好朋友，應該任何事情都可以拿出來大方的談，於是就爽快地回答：「你真的覺得怪怪啊?誰說朋友不能牽手呢？」

　　「話雖如此，但我總覺得有點不自然，不如，我們不再牽手吧？」

　　「我早已習慣牽著你的手了啊！」他由衷地說一句。

「現在這樣的情況，我們是甚麼關係？真的不能再牽手了！除非⋯⋯」她表情充滿疑惑。

「我是堅決不放手，我們已經到了這一步，不如再進一步吧？」他更加用力地握著她的手。

其實她對他一直都有好感，只是礙於女生的矜持，一直沒開口，想不到這一次牽手，竟然令到雙方更進一步，突破了「友達以上，戀人未滿」的框框，終於變成男女朋友了。

之後約會，雖說表面上沒有太大變化，惟雙方心理上已有種不一樣的感覺，還多了一份關心。

經過幾次約會，他們在寂靜無人的晚上，情到濃時不禁親了對方。或許因為雙方太熟悉，那一刻反而覺得好笑，失去了浪漫的感覺。好朋友變成女朋友，那種感覺，並非與一般情侶相同。

**情歌再唱**

如夢的情懷

文：金竟仔

金竟仔

　　十六歲那年，是她的初戀，他是隔壁班的男生，一頭俐落的短髮、黝黑的皮膚、高瘦的身形，下課後總能在籃球場上看見他的身影，帥氣的投籃姿勢、鬼魅般的切入上籃，進球後便露出潔白的牙齒，伴著迷人的微笑，不吝嗇跟隊友擊掌，也不會因為是對手，就不拉跌倒的人一把，於是她天天到籃球場報到，只為一窺他陽光般燦爛的笑容，還有帥氣的身影，直到有一天，籃球出界並一直往她這邊滾來，她撿起球時，他已經跑到我面前，她雙手捧著球，他也順勢接過去，無意間他的指尖碰到了她的指頭，瞬間像是被電到，愣在那裡嘴巴微張地抬頭看著他，但他說聲謝謝之後便露出微笑，便轉身回去打球了。

　　是命運的安排嗎？第二天的她還沉浸在他的笑容與汗水的味道之中，恍恍惚惚走向廁所，他迎面而來，停在她的面前說了：「昨天謝謝妳了。」她還沒反應過來，抬起頭看著他時，他那招牌的微笑又掛在臉上，她的雙頰一陣熱，臉通紅的樣子被他看見了，怎麼辦？她正在想該說什麼？沒想到他約她星期天去看他的比賽，她一時之間無法反應，只能點頭，接下來則是腦袋一片空白。

　　比賽輸了，而且輸得很徹底，但他仍然面帶微笑跟她說話，原來對手有三個國手，能跟他們交手已經

非常幸運，但從那天起，他再也沒有打籃球，他說自己的身體條件不如人家，怎麼練都還是很有限的，就這樣，放學後的時間他消失了一陣子，原來是他在比賽時受傷了，需要休養數月，之後的日子裡，放學後她都陪他走回家，從保持距離到勾勾小指，接著手牽手，偶爾他會摟著她的腰，這就是愛情吧！

很快就是高二了，課業的壓力越來越重，見面的時間越來越短，甚至兩三天才能見到一次，她偶爾會故意停在他的教室前，想看看他，有時他會跟她揮手，有時卻不見蹤影，終於思念的狀況越來越嚴重，上課會發呆想他，走路也會，連睡覺也不放過，都快喘不過氣了，這下她徹底崩潰了，「為什麼他不再跟我一起回家？為什麼我們之間只有一牆之隔，卻有如南極跟北極般遙遠。」

但其實這些都不是真的，他的皮膚黑，但很少笑容，也沒跟她談戀愛，這些都是她腦海中的畫面罷了，當她看著他時，他只會冷冷地斜眼看她一眼，她也沒跟他去看比賽，她只是把校內的一場比賽幻想成他去選國手，她跟他之間，唯一真實的只有把球還他那一幕是真的，遠遠看著他跟同班女同學打成一片，她心如刀割，她很想鼓起勇氣走過去跟他告白，卻擔心被拒絕或取笑，於是錯失了一次又一次的機會，這

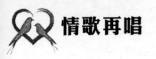

情歌再唱

次真的是上天的安排了，終於在她鼓起勇氣走向他時，一個漂亮的女同學撲向他，擁抱之後便手牽手消失在她眼前。

不斷循環的真實的愛情故事

文：金竟仔

金竟仔

　　《十二夜》赤裸而真實，道出了愛情世界的殘酷一面，不像其他公式化的愛情電影，由相遇、相戀到有情人終成眷屬。或因如此，當年香港票房僅收 560 多萬，相比起同年冠軍《孤男寡女》的 3500 多萬，絕對可用「慘不忍睹」來形容。然而，票房不理想，存在很多不同因素，驀然回首，它實在是滄海遺珠。

　　為甚麼會是真實的愛情故事？因為真的很真實。《十二夜》一樣有相識、相愛的浪漫橋段，但沒有刻意營造盪氣迴腸、驚天動地的情節。電影沒有誇張地演繹交往時的卿卿我我，並且將很多大家曾經遇到過的情況一五一十地反映出來，反而令人覺得滿滿的真實感。

　　《十二夜》主線是女主角 Jeannie（張柏芝飾）因為懷疑男朋友 Johnny（鄭中基飾）出軌，在與朋友聚會中，認識了朋友 Clara（張燊悅飾）及其男友 Alan（陳奕迅飾），碰巧 Clara 在聚會前與 Alan 提出分手，她讓 Alan 送 Jeannie 回家。不出所料，Jeannie 就這樣與 Alan 展開了另一段戀情。

　　片名《十二夜》並非指十二個晚上，而是十二個階段，而是指每段感情的發展，說到底也離不開十二個階段，由相遇、相愛、激情、熱戀、磨合、爭吵、

冷淡、分手又復合，最後分手，每一個階段都有不同
變化。男女主角剛開始就像一般情侶打得火熱，快樂
得死去活來，每分每秒都希望見到對方。

當熱情隨時間逝去，二人開始出現磨擦，即使一
起前往宴會，也會為了穿甚麼衣服而意見不合導致吵
架。現實的愛情何嘗不是如此，當戀人相處時間增加，
問題亦會與日俱增。

隨後，Jeannie 表示對 Alan 愈好，Alan 就愈不
在乎；相反，Alan 卻認為，他根本不需要這種愛情。
電影折射了都市男女談戀愛的眾生相，對白幾乎是所
有情侶都會說過的話，如「你當初不是這樣的！」、「吵
架總是男人的錯！」這些說話背後意義其實想說對方
變了，還是自己變了？恐怕世間上沒有人會有答案。

我倒喜歡電影的兩句話，「愛情就像一場大病，過
了就好」，另一句是「男人的尊嚴，都放在女人的其他
男人身上；女人的尊嚴，都放在她們的臉上」。最後，
二人無聲分手，幾個月後重遇，又再在一起，然後
Jeannie 又遇上另一位男子阿傑（謝霆鋒飾），很快又
開始了新的火花，一段時間後（其實是電影的開始），
Jeannie 又變得厭倦了。

　　現今社會，我們都在經歷《十二夜》的愛情循環，如果你能逃不出來，我要恭喜你；如果你有朋友沒能逃出來，建議把此文轉發給他/她。何時找到真愛？真是只有天曉得！

　　溫馨提示，這是 2000 年林愛華首部執導作品，並非 2013 年九把刀監製的流浪狗紀錄片。

是直男也是渣男

文：金竟仔

　　直男給人的感覺就是老實，非真話不說，但這是真的嗎？答案恐怕是否定的，在某些狀況下，他們也會自動切換模式，變成可怕的渣男，傷害了女人弱小的心靈，而且還死不承認，並自以為是地認為自己是對的，簡直是逼死人不償命啊！

　　他在平常就是個直男，看起來就是完全無害，於是所有人都對他毫無防備之心，加上平常就很熱心，所以沒人料到他會捅出一個天大的禍來，當消息在公司傳開之後，受害的人高達三成左右，他到底犯了什麼錯呢？這要從他第一次踏進酒店開始說起，坐在她身旁的是酒店的紅牌，知道他是直男，便開始套路百出，要到電話之後，便經常在咖啡廳見面，一下是弟弟車禍，除了醫藥費，還得賠大錢，一下是爸媽重病，需要看護、住院，總之就是需要很多錢，很快就被榨乾的他，天真的以為做了好事，卻不知被這個女人給坑了，最慘的是公司很多同事借錢給他，總數量高達數百萬，在第一個催債的同事開口之後，終於紙包不住火，同事逼問之後，才知道他當了火山孝子，但他不這麼認為，一直辯解自己做的是好事，氣得那幾個同事找上總經理，總經理當他的面說出酒店小姐的全部套路，剛開始他還不肯認錯，直到總經理說弟弟車禍那件事幾年前就用過好幾次了，他才垮下臉。

　　但這跟愛情有何關係呢？關係可大了！在闖禍之前，他剛剛結婚不久，為了省錢，沒有拍婚紗、蜜月旅行，說是為了小孩存教育基金，妻子天真地相信了，跟著吃苦了一年多，直到有天他拿不出生活費，酒店這件事也被妻子知道了，妻子氣到馬上要求離婚，一年多沒買新衣服新鞋子的她，經常為了省錢吃泡麵的她，想不到枕邊人竟然是火山孝子，委屈地哭了起來，而他竟然死鴨子嘴硬，說自己做了善事，結果因為常常有一餐沒一餐，小孩發育不良，比同期的小孩矮了許多，當然也瘦了許多，最慘的是腦部發育不良。

　　這是一個真實的故事，血淋淋的教訓，他不只失去了妻子，也失去工作，最後鬧得老爸出手，賣掉安身立命的透天厝，終於將大部分的問題解決，全家人租了間小房子擠在一起，但他的小孩出了狀況，無法上正常的幼兒班，在照顧上更讓人心力交瘁，當他的前妻突然跑來跟我訴苦時，我才驚覺這個看似無害的直男，竟是個不折不扣的渣男，讓他的前妻受盡各種委屈，簡直禽獸不如，當她伸手要奶粉、尿布、嬰兒服的錢時，他竟然以做善事優先的理由，不給前妻一毛錢，聽完之後我差點暈倒，也難怪小孩會發育不良，前妻的氣色也非常不好，她會選擇離開並不讓人意外，縱然心如刀割，但也必須離開自己心愛的小孩。

一前一後

文：君靈鈴

相戀十年，巧茵跟哲偉自有一套他人總是看不懂的默契。

他們的相處模式在外人看來好似總是一前一後，總是給人一種男方高高在上而女方委曲求全的模樣，所以曾經也有過很多人勸巧茵跟哲偉分手，因為這樣的男人不值得她一直在背後默默付出，認為哲偉糟蹋了她一片真心。

不過聽了這樣的話巧茵總是笑笑不語，因為她很清楚在她與哲偉的這場戀愛中並沒有誰高誰低，箇中滋味是僅有他們倆個才懂的甜蜜。

因為誰也不知道，哲偉之所以做事會那般順利，巧茵就是他背後的軍師，在他拿不定主意的時候給予最正確的指引，在他脆弱的時候給他溫暖的擁抱，哲偉在乎巧茵的程度是超乎所有人的想像，但這種事他們都覺得不需要明說，因為他們的愛情不需要他人指手畫腳。

然而到了結婚那天，所有人才恍然大悟，因為在台上哲偉牽著巧茵的手，用極其溫柔且甜蜜的眼神看著巧茵，在眾目睽睽之下說出了他的誓言。

「我知道大家都以為我跟巧茵是一前一後的關係，好似總是我在前而巧茵就在後頭默默跟著，但事實上

不是這樣，對我來說巧茵就像我生命中不可或缺少的一部分，她在背後給予我的支持與溫暖是你們無法想像的程度，而我愛她也勝於我自己，如果可以，如果上天允許，我不只想要這輩子娶她為妻，永生永世我都想跟她在一起，每天看著太陽升起又落下，在月亮高掛天空的時候抱著她一起看星星。」

一大串話說完，哲偉看不見在場眾人的震驚，因為他眼裡只有巧茵，那個在他眼中不管過了幾年都那般可愛美麗的巧茵，而巧茵也含著淚水一臉幸福看著他，對於他的誓言沒有一點懷疑。

由始至終都是如此的，只是外人看不透看不清，以為他們的愛情終有一天會在這一前一後的關係中覆滅，但情侶之間怎麼相處是他們自己的事，如何找到最舒適的相處之道自然也是由兩人自己去發掘並且施行。

所以在哲偉的注視下，巧茵也開口了，因為她也有話想對哲偉說。

「謝謝你總是在受到挫折時不會任意對我發脾氣，總是很耐心願意聽我說安慰你的話，從來不推開我想撫慰你的懷抱，也從不勉強我走到你前方，因為你一直都知道我不愛走到前頭的感覺，在你身後跟著才是

我覺得最舒服的方式，所以我也要跟你說，如果可以，如果上天允許，我不只想要這輩子嫁給你，永生永世我都想跟你在一起，因為在你身後我才能做真正的自己。」

結果，巧茵這段話說完，剛剛被哲偉一番話震撼的眾人紛紛鼓掌，為這段曾經大家都不看好的愛情獻上最誠摯的祝福。

愛情會有很多模樣，且不一定是我們看習慣的模樣，但是要天長地久也只有兩人找到最合適的平衡點才有實現的可能性！

內外

文：君靈鈴

　　小寧看著不遠處正跟她父親交談的男友阿耀好一會兒後，終於忍不住掩嘴偷笑，因為阿耀那張忠厚老實的臉龐上佈滿了緊張不安，讓她覺得很可愛。

　　對於這個已經論及婚嫁的男友，小寧是真的很滿意也很開心，但其實在三年前她必須說自己對於這樣老實卻不起眼的男人是完全看不上眼的。

　　以前的她就是外貌主義，男友非帥不交往，而且對方不只要帥還要事事順從她，倘若讓她不開心，她絕對毫不猶豫就會提出分手。

　　當時的她很任性也很自我，這也來自於她本身條件很不錯，的確是有這個本錢這麼做，而她也真的用這樣的方式去走她的愛情路而且持續了好幾年。

　　但漸漸的她發現情況很奇怪，因為她的戀愛時間一次比一次短，而她卻不明白是為什麼，直到遇到阿耀之後她才漸漸明白原來外表不該是談戀愛的首要條件，合得來才是重點。

　　說來也好笑，小寧一開始覺得阿耀就是個憨厚的傻子，但實際上他的性格跟待人處事的態度卻足以成為她的人生導師，雖然很愛她卻不會無條件順從她，如果是她的錯阿耀不會在第一時間跟她吵，但絕對會在她平靜下來之後跟她好好溝通，讓她知道一對戀人

要長久走下去絕對不是任一方逆來順受就可以，還有很多需要克服及解決的問題。

　　所以交往三年後阿耀求婚了，而小寧也毫不猶豫地同意了，才會有今日阿耀上門見她父母正式談婚事這個情況。

　　然而到了夜晚回到住處的兩人正依偎著看電視，但小寧眼睛雖盯著螢幕可心思卻不在電視節目上頭。

　　「說實話，我覺得……我選你是非常正確的選擇。」

　　她的語氣有點有感而發。

　　「所以？」

　　阿耀等著她的下文。

　　「沒有所以，就是覺得自己選對了。」

　　真要解釋的話，好像會有千言萬語，但如果要簡單來說，就是選對了這三個字就足以說明。

　　「我親愛的未來夫人，不知是否可詳細說明一下。」

　　阿耀一臉沒想讓她打混過去的表情看著她。

　　「怎麼變成好奇寶寶了？」

她笑。

「難得妳突然說這麼讓人開心的話，我自然是要多聽一點，不然下回還不知道是什麼時候呢！」

他也跟著笑。

「說的好像我從來沒誇獎過你一樣。」

小寧有點啼笑皆非。

「就是很少我才想聽一聽啊！」

阿耀很堅持。

「好啦好啦，反正就是我以前從來沒有想過跟你這類型的人交往，因為你也知道我以前對愛情是什麼樣的態度，但是認識你之後我發現人真的不能只看外表，如果不重視內在的話，外表再好看也只是滿足一時的虛榮心，要牽手走一輩子根本是不可能的事。」

小寧拗不過阿耀便老實說了。

「是這樣沒錯，但也不是說外表好看的人就一定不好。」

一竿子打翻一船人這種話可不能亂說。

「我知道啦！我的意思是說人與人之間要交往真的要看內在不要單看外表，這樣真的可以少走很多冤枉路！」

結果，阿耀聽完她說的話後只是笑了笑然後摟住她並在她額頭上親了下。曾經小寧對待愛情一直執著在外表好看，卻從來不去在意彼此是否真的合適，直到阿耀的出現她才知道原來自己一直都錯了，所以如果現在問她「內與外」哪個重要，她一定會毫不猶豫的回答……

內在才是最重要的，其餘都是次要！

當初如果

文：君靈鈴

　　人的一生終會遇到很多令人後悔的事，而阿凡這一生截至目前為止最後悔的事就是他錯過了小月這個女子。

　　年少時的阿凡不懂事，覺得小月的性格太靜太柔，讓他覺得跟小月交往一點刺激感都沒有，所以他拋棄了小月轉而追求起與之完全相反的女性，而且有好幾年都樂在其中。

　　不過追求刺激是有風險的，在喜歡恣意飛舞的花蝴蝶面前忠誠是不存在的，阿凡在綠光罩頂之後終於體會了這個事實，而且不由自主想起了小月。

　　但多年過去後悔早已來不及，阿凡自然是懂得這件事的，所以他也不敢妄想，然而該說是緣分未斷嗎？

　　總之在一個炎熱的下午阿凡跟著主管前往一家公司談業務時，居然遇上了小月。

　　她沒有什麼變，面容依舊氣質依舊，依然給人一股歲月靜好的感覺，在見到他之後雖然有一點驚訝卻沒有表現出任何厭惡或憎恨的表情，帶著微笑招呼他們坐下之後還替他們倒了兩杯茶然後留下「請稍等」之後才離開。

　　而在此之後阿凡覺得自己有點坐不住了，但轉念一想他想起當年自己的決絕還有無情，一顆心瞬間冷卻，覺得自己實在沒臉再去對小月說什麼，唯一可以說的話可能只有對不起而已。

　　他是不知道自己能不能得到原諒，但他知道如果不對小月說抱歉那他後悔的事可能又要增加一樁了。

　　所以他下午告了假之後哪兒也沒去，就在小月公司門口等著，等待她出現。

　　「有……什麼事嗎？」

　　一下班就被人堵住歸途而且還是前男友，小月的神情雖然波動不大，但看的出來是驚訝的，至少比上午驚訝多了。

　　「我是想……跟妳說對不起，雖然我也知道晚了這麼久這句對不起一點意義也沒有，但是我就是想跟妳說。」

　　阿凡也不囉嗦，很老實交代自己的目的。

　　「的確是挺晚的。」

　　小月看著阿凡，用一貫柔柔的語氣回應。

　　「我……當初傷妳很深吧？」

阿凡有點不敢直視小月的雙眼。

「嗯，而且說實話我並不是很懂原因。」

簡而言之就是感覺自己莫名其妙被拋棄了。

「……真的對不起。」

事到如今阿凡也不想說出真正惹小月不高興的原因，畢竟那當初他認為再理想不過的原因如今看來只是個笑話不提也罷。

「算了，都過去了，早點回家吧。」

說完小月就離開了，留下阿凡獨自一人看著她遠去的背影發呆。

對，是該算了，不然又能怎樣呢？

很多事都是「當初如果」那麼做的話，情況一定跟眼前不相同，但偏偏人有時候就是很奇怪，不喜歡安全反而喜歡追求刺激，卻不知道在刺激背後隱藏的可能是背叛也可能是孤寂。

就像阿凡，他原本可能會擁有一段很美好且可能可以與對方走完一輩子的愛情，但他放棄了，去追求他當時想要的火熱與刺激，卻在慘遭滑鐵盧之後才發現，自己早就錯過真正想擁有的愛情了。

黑暗中的救贖

文：君靈鈴

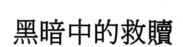

　　小希從來沒有認為自己有一天會在生命中看到光。

　　自小小希就是個沒人疼的孩子，父母因禍早逝的她是由祖父母帶大的，但偏偏她的祖父母重男輕女，看待孫女的態度與孫子可說是大不相同，所以在成年之後小希很快地就搬出家裡自力更生。

　　但自小就欠栽培的孩子要在外討活並不容易，雖然小希不笨也勤快，可在大城市找工作並不是不笨加勤快就可以得到好的待遇，一連串的事件發生後小希不能說是心灰意冷，但大抵也知道自己這輩子大概就這樣翻不了身了。

　　雖然她很不想認命但命運總是一而再再而三地逼迫她面對，就連她以為可以託付終生的初戀到最後也只是想要靠她供養而已。

　　所以日復一日，小希開始過著複制式化的日子，每天上班下班，回家之後勉強說著安慰自己明天會更好的話然後睡去，接著在太陽升起後邁出家門，賺取得以讓她餬口的薪水。

　　這樣的日子小希不知道過了多久，總之久到她發現自己竟然已經快三十歲了，走在上班的路上她不禁幽幽嘆了口氣，卻因為低頭不小心撞到了一個人。

「抱歉！」

「沒關係，前輩，以後要多多指教了！」

被撞到的人不僅沒生氣還用很有活力的聲音打招呼讓小希嚇了跳，抬頭一看這才發現原來眼前的人就是前幾天來面試的人，而她會對他留有深刻的印象是因為他在跟店長面試的時候一雙眼睛亮澄澄的，不僅不緊張還帶著微笑，讓人看了就覺得很舒適。

可這又如何呢？

就是個新同事嘛！

小希是這樣想的，但她真的沒想到幾個月後她會跟這個小她兩歲名叫阿朋的男人走到了一起，而且還感覺到前所未有的幸福與喜悅。

阿朋是個很開朗的人，比起老是鬱鬱寡歡的小希，他簡直就跟一顆太陽一樣，雖然長相並不是特別優越，但他身上自有一股讓人想要靠近的氛圍，小希就是這樣被吸引了過去，可老實說當時阿朋跟她說想要跟她交往時她是很驚訝的。

「為什麼……是我？」

「喜歡就是喜歡，哪有什麼為什麼。」

　　阿朋一臉坦蕩蕩又理所當然的模樣讓小希當時有點傻眼，明明很想馬上點頭卻又敗在自己瞬間冒出來的自卑感上無法脫身，所以他們的交往是在阿朋告白了一個月後才開始，而讓小希放下所有接受阿朋的關鍵就在於阿朋的態度。

　　阿朋對小希的一切都不在意，就算有幾個同事都說小希像個背後靈，又說小希感覺是個很沉重的人都沒有讓阿朋打退堂鼓，因為在阿朋看來小希就是個習慣待在黑暗中獨自啃蝕孤獨的人而已，而他知道這樣的人其實只是缺少有人陪伴有人給予溫暖而已。

　　所以他給了她想要的，而且還給的更多，所以當他們決定走入人生下一個階段時，小希眼裡噙著淚水對他說：

　　「我的光，謝謝你帶我走出黑暗。」

從不說愛

文：君靈鈴

　　毛毛是個非常沒有安全感的女孩，雖然她自己從不這樣認為，但不諱言她交過的幾個男友都是因為她太過喜歡要求男友說愛而受不了便離她而去。

　　對她而言「愛」就是要無時無刻掛在嘴上說出口才算是真愛，其餘的方式她都不接受，因為她認為只要不敢說出口，那就一定不是真的愛她。

　　然而，這樣的一個女孩還是遇上了剋星，一個從來不說愛卻讓毛毛離不開她的男人。

　　這個男人叫安南，外表樸實個性木訥，毛毛甚至還記得當她跟朋友們介紹這是她新男友時大夥兒驚訝的表情，畢竟她以前看上的男人都耀眼的像隻孔雀且能言善道，現在找了個不愛說話又如此穩重的男友真真跌破大家的眼鏡。

　　而撇除上述事件以外，說真的毛毛一開始非常不習慣，幾次要求說愛都被安南無視讓毛毛當場炸毛好幾次，可偏偏她那套「口上不說愛就不是真愛」的論調在安南身上就是行不通。

　　好幾次毛毛都想直接說分手了，可是總是在要開口之際踩了煞車，因為她想起之前要男友們把愛說出口是因為她覺得沒有安全感，但安南給她的安全感非

常足夠，讓毛毛漸漸不禁開始深思把愛說出口這件事真的有那麼重要嗎？

雖然沒有耀眼的外表但安南的女性緣也很不錯，這件事毛毛很早就發現了，畢竟青菜蘿蔔各有人愛，穩重的男性在女性族群裡也是很吃香的，但毛毛跟安南交往後卻沒有一次因為這種事而感到不安，因為安南將朋友、同事跟女友的界線畫的很清楚，誰可以多靠近他由他自己掌控，最親密的距離一定留給女友。

再者安南很體貼，嘴上不說但是身體力行得很徹底，毛毛月事來不舒服他就泡熱茶給她喝還幫她熱敷肚子，毛毛生病他就一直守在床邊沒離開，毛毛心情不好他就帶她去最喜歡的地方看夜景，毛毛受了委屈他會去了解真實情況然後直接用最好的方式解決問題。

而上述這些都只是冰山一角，只是這一件又一件的事情累積起來也漸漸成了毛毛離不開安南的主因。

這個男人其實很完美，真要挑毛病的話就是不喜歡把愛掛在嘴邊而已。

「先說哦，我對你沒有什麼不滿，但是你可不可以跟我說一次你愛我啊？」

「愛一定要說出來嗎？」

「我就是想聽啊！」

「聽了之後呢？」

「沒有什麼之後啊！我就是覺得少了這句話怪怪的。」

「那妳之前聽了很多次這種話之後呢？」

「沒有……之後啊……」

「所以重要嗎？」

「是……好像也沒有那麼重要……」

看著安南似笑非笑的表情毛毛很無奈地屈服了，但也就幾秒她卻笑了。

是啊，說不說有那麼重要嗎？

以前她老愛纏著前男友們說愛，但說出來的愛是真是假連她自己都不清楚，而現在她眼前這個不愛說愛的人卻讓她感受到真真切切的愛，那說不說似乎也沒那麼重要了。

重點是他是真的愛她這就夠了！

就愛妳

文：君靈鈴

　　大抵認識偉勝的人都知道他喜歡琳如，就只有琳如本人不清楚，但這種事也不算少見，大家也就見怪不怪，只是眼見琳如交了幾個男友都不是太順利還被傷了心，而偉勝都只僅是在一旁守護也不出手，這樣的情況還是讓熟人忍不住開口了，只是大家輪流勸說都沒有得到偉勝的屈服。

　　「她曾經說過這輩子都會跟我是朋友，永遠不會喜歡我的。」

　　偉勝笑得有點無奈，而這也是他一直都沒把心意說出來的原因。

　　「那是在什麼狀態下說的？」

　　在場其他三人互視一眼後由其中一位代表發問。

　　「異常清醒的情況下，她覺得我們會是一輩子的朋友，但不可能當戀人。」

　　這對暗戀的人來說真的是一串很傷人的話，但偉勝也知道不能怪琳如，因為他們自小一起長大，太習慣彼此的存在了，所以對彼此說話都很直接，只是在這種青梅竹馬的情感中他擅自把情感昇華為喜歡而琳如卻沒有，所以既是如此他便得自己承擔這暗戀會遭受的打擊及情緒。

　　偉勝的表情黯淡了下來，連帶他三個朋友也跟著面面相覷，但實情是如此也沒有辦法，這就像一個無解的局，除非最癥結的那個人願意改變心態，否則此結永遠無法打開。

　　然而，也不知道是老天爺真看不過去還是被偉勝的癡情感動，總之一陣大雨讓偉勝與琳如的關係起了一點點變化。

　　那是一個原本晴朗的午後，卻不料在琳如快下班前下起了大雨，她站在公司門口，不一會兒就看到偉勝撐著雨傘朝她走來。

　　他們兩個的公司相隔不遠，但偉勝這其實算是慣例的舉止卻在這天讓琳如陷入了思考，且一直延續到她到家洗完澡後，她還在想送傘及接她回家這件事。

　　其實她早就習慣了，本來也不應該多想，但是好死不死她就是聯想起跟她剛分手不久那位在她樓上公司的前男友在同樣的下雨天居然對她丟下一句「我最討厭下雨，我先回家了」然後就走了。

　　她還記得自己當時在公司門口愣了好一陣子，後來還是偉勝過來輕拍她肩膀說要送她回家她才醒的。

　　本來沒什麼大不了的事在他人的襯托下倒成了琳如開始思考偉勝對自己一切行為的契機。

　　然後她赫然發現，自己好像是那部火爆電視劇的女主角，身邊有個大仁哥。

　　這是好事嗎？

　　她也不知道，但人類就是這麼可愛，一旦一件本來沒在意的事被自己發現後，那麼後續效應就來了。

　　終於有一天琳如有點受不了了，她決定主動開口問清楚，然後她就看到偉勝愣住，接著開始閃躲她的眼神。

　　「所以你到底對我是怎麼想的？」

　　琳如問著，卻發現自己並不想聽到對方否定的答案。

　　「我……一直都只愛妳一個人。」

　　偉勝猶豫了一會兒才終於說出自己藏在心中很久的事實，但說完之後他是害怕的，害怕琳如會就此開始疏遠他，誰知道……

　　「電視劇裡大仁哥後來是跟女主角在一起的。」

琳如看了偉勝很久，最後口中緩緩吐出這句話，然後她就看到偉勝一臉不敢置信。

所以說世事無絕對，她自己狠狠打了自己的臉，但這又何妨？

對的愛情就在身邊也不錯呀！

情歌再唱

當初‧現在

文：君靈鈴

沒有人知道自己未來的命運會如何，當然也無法預測在哪一天會遇上真愛，而就算相遇時但在那時也只有老天爺知道真相，自己可能還一無所覺，就像妍璐。

妍璐第一次見到斌凡的時候對他的印象是很差的，因為他看起來屌兒郎噹沒一個正經樣的模樣讓妍璐對他的觀感在第一時間就很不好，雖然說初識不該對一個完全不熟的人下這種結論，但妍璐就是覺得斌凡是個不太 OK 的人。

當然這樣的思考邏輯是不對的，在某一次的一同外出洽公她才發現，這個外表看起來不怎麼可靠的男人其實很可靠，而且還很貼心。

好吧，她承認自己錯了，不過沒關係，知錯能改善莫大焉，她決定以後對斌凡另眼相看不再用異樣的眼光看待他。

漸漸的，在工作上持續有交集地兩人互相有了好感，但卻都沒說破，維持著曖昧的關係好一陣子後，斌凡才終於開口約妍璐出去吃飯。

「說實話，當初看到妳的時候我以為妳是個很難搞的人。」

晚飯尾聲的甜點時間，斌凡才笑著說出自己當初對妍璐的觀感。

「那我也要說，我當初第一眼見到你的時候，還以為你是那種很混很不正經的人。」

既然他都先開口了，那妍璐也不客氣地說了。

但等她說完她卻自己先笑了，然後斌凡也跟著笑，氣氛頓時比剛剛更加融洽和諧。

「喂！我都這樣說妳了，妳也生氣一下，不然怎配得上妳這張美美的冰雪公主臉？」斌凡打趣的調侃道。

「那你自己咧？怎麼不反駁說自己其實是個非常正直且有抱負的青年？」妍璐馬上回道。

「不用反駁啊，妳都願意跟我出來吃飯了，我還不算個正直的青年嗎？」

這一切已經夠明顯了不是嗎？

結果，妍璐「噗」一聲笑了出來，邊笑還邊白了斌凡一眼，但內心卻甜甜的，有種醉人的微醺感，即便她根本滴酒沒沾。

然而，經過這一次之後，兩人開始正式交往，從當初的互看不對勁到現在走到一起他們兩人都覺得非常神奇，不由自主都想起那句老掉牙的話「緣分到了誰也擋不住」。

「親愛的未婚夫，我們下禮拜就要結婚了耶。」

婚禮逼近，妍璐忽然有一種恍若在夢境的感覺。

「是啊，未婚妻，對此還有什麼問題嗎？」

斌凡轉過頭溫柔地問。

「沒有，只是到現在都還覺得很神奇，明明當初我們兩個就互看不對眼，怎麼到現在卻變成要結婚了？」

妍璐嘟著嘴狀似撒嬌的說。

「就是緣分天註定嘛，幹嘛糾結這個？總之下禮拜妳就是我老婆了，以後大事聽我的，小事聽妳的。」

斌凡忍不住伸手捏了下妍璐的鼻子。

「是，反正都會大事化小，對吧？」

妍璐一臉得意。

「對，我的老婆大人！」

斌凡早就知道妍璐會給什麼答案，但他一點也不在乎還笑得很寵溺。

管它當初如何，現在他們很好就好，而他們倆人都相信雖然未來無法預知，但他們一定會越來越好！

那年夏天

文：君靈鈴

這是一個炎熱卻寧靜的午後，媛詩看著鏡中的自己，一身純白的婚紗襯托出她待嫁新娘的美麗與嬌羞。

她忍不住對鏡中的自己笑了笑，在婚紗公司禮服秘書的輕聲詢問下點點頭，提著裙擺轉身的同時看到原本拉起的布幕被拉開，而一雙眼底映照著驚豔的眸子就這樣與她對上了。

這一對望讓媛詩一瞬間閃神，思緒也在此時飄回了 19 歲那年那個炎熱的夏天，一個午後雷陣雨，讓討厭下雨的她在驚慌躲雨的時刻撞入了一個結實的胸膛，而她也是在那一天才知道什麼叫做臉紅心跳。

那是她頭一次那麼想認識一個男生，但她不知道的是，那也是兆銘頭一次如此迫切想知道眼前這個看起來溫柔似水又臉紅撲撲的女生叫什麼名字。

不想錯過彼此的兩人沒有放過這個巧遇，一個害羞的自我介紹，一個抓著頭有點不知所措說出自己的名字，愛情的種子瞬間在他們心臟裡種下，而且迅速開始扎根茁壯。

這場戀愛來的很急很快，就像那場午後雷陣雨，來的讓人措手不及也無力招架，彷彿只能順著老天爺的心意發展，而他們也真的在那次之後因為交換了聯絡方式而逐漸熟絡了起來。

　　但正式交往是在認識三個月後，借著一次相約出去走走的機會，媛詩終於鼓起勇氣，轉頭看著那位已經在自己心上住了好幾個月的男孩。

　　「我們要不要在一起？」

　　媛詩一臉認真仰臉看著兆銘，然後就見到他一臉驚愕一副不敢置信的樣子。

　　難道他不喜歡我嗎？

　　兆銘這樣的表情讓媛詩的心頓時一沉，一股難堪油然而生，咬唇便想轉頭離開的媛詩，卻在剛邁出一步時被人拉進懷裡，而拉住她的那個人用著有些激動的語氣在她耳邊問了句「真的嗎？」

　　「你該不會是一直在等我開口吧？」

　　媛詩當場轉身睜大眼睛瞪著兆銘。

　　「不是！我是……怕被妳拒絕，那我們就連朋友也當不成了……」

　　被她討厭是兆銘完全不想去想像的事，更別提真的發生他會如何。

　　「笨蛋！」

　　媛詩輕罵，雙手卻悄悄摟住兆銘的腰，一股甜甜的感覺在心中蔓延開來。

　　這個夏天他們認識了，而在今年結束前他們在一起了，但這當然只是個開始，接下來的他們一起走過了好幾個春夏秋冬，然後在一個與當年相識時同樣炙熱的夏天午後，兆銘跟媛詩求婚了，而她揚起溫柔的笑容同意了。

　　那抹笑就像此刻穿著婚紗的她臉上的笑，多年過去她的心沒變他也沒有，她依然是那個看到他會小鹿亂撞的女孩，他也依然是看到她就覺得怎麼會有女孩看起來這麼好看又溫柔的那個男孩。

　　這抹有點久的對視讓旁邊的禮服秘書也不自覺跟著掩嘴笑，畢竟能看到這麼動人的畫面誰能不跟著漾起微笑呢？

　　她與他令人心動的愛情始於那年夏天，也將在這年夏天步入下一個階段，而相信在之後無數個夏天他們也不會懈怠，會繼續譜出屬於他們兩人的愛情樂章。

難題

文：君靈鈴

　　與明允相戀之後衍生出來的問題一直都是蔓倩心中的難題。

　　雖然他們很相愛，但是橫亙在他們之間的問題卻很多，兩人同居之後在生活習慣上的差異、對未來的共識、兩家人之間的不合，一切的一切都讓蔓倩發現原來真的不是「愛」就可以解決所有問題。

　　雖然愛很重要，但愛上之後伴隨而來的是與對方要攜手一起走下去的路該怎麼安排布局，更甚至會在這個過程中兩人之間的愛慢慢消失，最後形同陌路。

　　難題太多了，蔓倩感到很憂慮，對她而言她雖然很想跟明允一直走下去，可是如果不克服眼前這些難題，那共度一生就會是個永遠無法成真的夢想。

　　然而焦慮的她忘了一點，那就是這件事並不是她一個人的事，她只是像隻無頭蒼蠅四處亂飛，在兩家之間遊走一邊忙著討好一邊則是說服，搞得自己身心俱疲，也因此開始跟明允有了衝突。

　　「我真的很好奇，妳是想跟我結婚還是想跟自己結婚？」

　　又一次的爭執中，明允看著蔓倩冷冷地問，而這一問倒把蔓倩問傻了。

「我……當然是想跟你結婚，所以才會做這麼多努力啊！」

蔓倩感到有點委屈，眼眶也有點發熱，想著好不容易他們彼此磨合好了，未來也終於有共識了，現在就是卡在雙方家人的問題，她這麼認真想解決，為什麼還要被這樣說？

「既然這樣，為什麼要自己埋頭努力？妳不該拉上我一起嗎？」

明允一臉無奈看著泫然欲泣的蔓倩。

「啊？我……」

蔓倩當場有點傻眼，然後就呆呆的被人拉進懷裡。

「我說過不會讓妳受委屈，結果妳老是瞞著我一個人去受委屈，要不是我妹告訴我，我還不知道妳一直在疲於奔命當個夾心餅。」

明允的臉上出現不贊同的表情，說的同時還舉起手捏了捏蔓倩的臉頰。

「我只是想著如果把所有問題都解決了，那我們就可以順利結婚。」

這的確是蔓倩的想法。

「妳以為結婚之後就什麼問題都沒有了嗎？天真！」

明允一臉哭笑不得。

「我知道不是這樣啦！只是想說眼前的難關總得先度過吧！」

「所以說我們要一起面對，愛情是兩個人的事，我想娶妳妳想嫁給我，我們雙方都有意願的前提下，遇到難關不該一起解決嗎？」

「對……」

「妳這個笨蛋！想自己處理是把妳未婚夫擺在哪裡？」

「這裡啊！」

蔓倩很識相指著心口，也感覺到心臟因為明允的話而暖暖的。

「是說，也好，要不是這樣我還不知道妳這麼愛我。」

「……請問您現在是在得意什麼？」

「沒有得意是開心！」

「確定？」

蔓倩仰臉瞇著眼睛看明允，嘴唇卻在此刻被偷襲了下，頓時心裡一甜。

但她也知道兩人不管走到什麼階段一定都會有不同的難題出現，但只要彼此心裡有對方，她相信再大的難關都能迎刃而解。

只有愛或許不能贏得所有，但如果以愛為盾用真心當劍，那一場又一場的戰役，大抵都能戰無不勝攻無不克吧！

酸甜來襲

文：君靈鈴

　　如果不是真談了第一場戀愛，她還不知道原來愛情給人的感受這麼複雜這麼難以解釋。

　　還記得第一次見到他的那一天，是她做夢也沒有想到的意外，在捷運上一個無法控制的顛簸讓她撞進了他懷裡，感到又羞又抱歉的她臉立刻紅了，卻在一個低沉又好聽的嗓音中得到安撫。

　　就這「沒關係」三個字讓她不自覺抬頭看他，發現他有著一雙很好看的眸子及一個寬闊的肩膀，讓人有種不自覺想依靠上去的感覺。

　　不過就這一瞬間的心動，過後她馬上離開他的懷抱，心中暗自罵自己怎麼因為一個意外就胡思亂想，但奇妙的是緣分一旦被牽起就似乎誰也阻止不了。

　　幾天後的再次相遇讓她手忙腳亂，因為她跟同學打鬧所以一頭亂髮，而這樣的情景她真的很不想被他看到，可轉念一想她又覺得或許他已經不記得她了。

　　誰知道他忽然走過來，臉上還帶著淺淺的笑意，在她有點驚愕的目光中對她說「妳的頭髮有點亂」，說完便伸手幫她稍稍整理了下，這樣的舉動讓她的心當場亂成一團。

　　她忽然懂了自己這是對他的二次心動，也才明白原來人要心動其實並不難，只要遇到了就會心動，但她不知道的是他的心也因為她而動了，兩顆心沒有明說卻是一樣的跳動頻率。

　　後來他們交換了聯絡方式，在兩個月後開始交往，而在這一步步的進展中她嚐到了所謂戀愛的酸與甜。

　　她會因為他的一句話、一通電話、一個小禮物、一張小便條、一包餅乾、一條巧克力之類的事而感到窩心甜蜜，感覺自己四肢百骸都泡在蜂蜜裡，也會因為他跟別的女生多說了一句話或是不小心觸碰到對方肢體而感覺自己從蜂蜜罐被拉到檸檬汁裡。

　　一開始她很不能適應，不知道自己到底變成了種什麼生物，怎麼可以一下子全身都甜一下子卻渾身酸透，驟變的狀態該怎麼調節她一點主意也沒有。

　　但後來她發現其實這樣患得患失的自己並不是唯一，原來沉浸在愛情裡的人都會如此不受自己控制，尤其是這顆為對方懸著的心更是很多時候都覺得快要不屬於自己了。

　　然而不管是酸還是甜，卻都是修習戀愛學分的課題，在她慢慢了解這一點之後也發現自己漸漸找到了調適的辦法。

　　但愛情給人的酸甜滋味還是一種會讓人上癮的感覺，即便知道了調適的方法，有時候還是會很想就這樣一直泡在蜜罐裡不起身，又或是一頭栽在酸桶裡爬不出，而且拿自己一點辦法也沒有。

　　不過即便如此她還是甘之如飴，在酸酸甜甜的世界裡優游來去，因為不管是酸是甜都是她與他之間火花碰撞出的結果，是一種體驗愛情的過程，是只有沉浸在愛中才能擁有的特權。

　　所以她甘於接受這種不定時酸甜來襲的情況，無關其他只因為她知道這就是所謂談情說愛的滋味。

國家圖書館出版品預行編目資料

情歌再唱 / 藍色水銀、金竟仔、君靈鈴　合著
—初版—
臺中市：天空數位圖書　2022.03
面：14.8*21 公分
ISBN：978-986-5575-90-8（平裝）

863.55　　　　　　　　　　　　　　111003731

書　　　名：情歌再唱
發 行 人：蔡輝振
出 版 者：天空數位圖書有限公司
作　　　者：藍色水銀、金竟仔、君靈鈴
編　　　審：品焞有限公司
製作公司：廣緣有限公司
美工設計：設計組
版面編輯：採編組
出版日期：2022 年 3 月（初版）
銀行名稱：合作金庫銀行南台中分行
銀行帳戶：天空數位圖書有限公司
銀行帳號：006 - 1070717811498
郵政帳戶：天空數位圖書有限公司
劃撥帳號：22670142
定　　　價：新台幣 300 元整
電子書發明專利第　Ｉ　306564　號

服務項目：個人著作、學位論文、學報期刊等出版印刷及DVD製作
　　　　　影片拍攝、網站建置與代管、系統資料庫設計、個人企業形象包裝與行銷
　　　　　影音教學與技能檢定系統建置、多媒體設計、電子書製作及客製化等
TEL　：(04)22623893
FAX　：(04)22623863　　　MOB：0900602919
E-mail：familysky@familysky.com.tw
Https：//www.familysky.com.tw/
地　址：台中市南區忠明南路 787 號 30 樓國王大樓
No.787-30, Zhongming S. Rd., South District, Taichung City 402, Taiwan (R.O.C.)